Mi caballo

MONTAÑA
ENCANTADA

Para José Alberto,
que aún conserva su caballito de palo,
esperando que al crecer
no pierda su capacidad para soñar.

Georgina Lázaro

Ilustrado por Encarna Talavera

Mi caballo

everest

TENGO UN CABALLO DE PALO;
ME LO HIZO MI MAMÁ
Y CUANDO CUMPLÍ TRES AÑOS
ME LO QUISO REGALAR.

SON DOS BOTONES DE NÁCAR
SUS OJOS GRANDES, REDONDOS,
QUE MAMÁ ENCONTRÓ BUSCANDO
EN EL CAJÓN, HACIA EL FONDO.

5

YO LO MIRO Y ÉL ME MIRA
CON SUS OJOS ASOMBRADOS.
MUCHAS VECES ME PREGUNTO
SI ES QUE SE SIENTE ASUSTADO.

SON SUS BRIDAS DE COLORES,
CINTAS DE VARIOS TAMAÑOS
CON ALGUNOS CASCABELES
GUARDADOS POR MUCHOS AÑOS.

SUS CRINES: BLANCAS, PRECIOSAS,
HECHAS DEL HILO DE LANA
CON QUE LE TEJIÓ MI ABUELA
AQUELLA ESTOLA A MI HERMANA.

CON SUS OREJAS ME ESCUCHA;
ESTÁN FORMADAS DE FIELTRO
Y SE PONEN DERECHITAS
CADA VEZ QUE YO
ME ACERCO.

SU PIEL ES TAN SUAVECITA…
Y ES MUY BONITA ADEMÁS.
ESTÁ HECHA CON LA TELA
DE UN TRAJE DE MI MAMÁ.

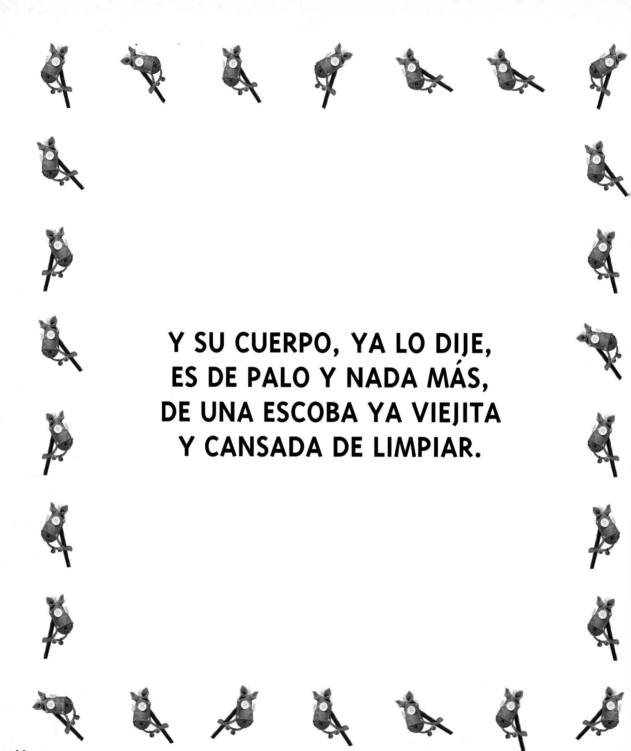

Y SU CUERPO, YA LO DIJE,
ES DE PALO Y NADA MÁS,
DE UNA ESCOBA YA VIEJITA
Y CANSADA DE LIMPIAR.

14

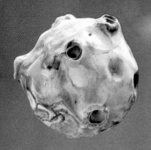

FUE MI CABALLO QUERIDO
FABRICADO CON RETAZOS,
COSIDO CON ILUSIONES,
REGALADO EN UN ABRAZO.

MONTADO EN ÉL HE TENIDO
MUCHÍSIMAS AVENTURAS;
HE RECORRIDO LA TIERRA,
HE LLEGADO HASTA LA LUNA.

HE SUBIDO ALTAS MONTAÑAS,
GALOPADO INMENSOS VALLES,
HE CRUZADO MUCHOS RÍOS
Y TAMBIÉN ALGUNOS MARES.

18

ES TAN NOBLE MI CABALLO
QUE AUNQUE NO SABE VOLAR
ME HA LLEVADO POR LOS AIRES
POR QUERERME ACOMPAÑAR...

19

... PERSIGUIENDO MI COMETA,
QUE UNA TARDE SE ESCAPÓ
Y SE FUE TRAS UNA NUBE
QUE UN OJITO LE GUIÑÓ.

CON ÉL FUI A BUSCAR TESOROS
DE CORSARIOS Y PIRATAS
LLENANDO SUS DOS ALFORJAS
DE ILUSIONES DE ORO Y PLATA.

ME HA LLEVADO POR LAS SELVAS
Y DESIERTOS MUY LEJANOS,
Y ME HA TRAÍDO DE VUELTA
MUY CANSADO, PERO SANO.

CON ÉL HE SIDO UN VAQUERO,
HE SIDO EL CID CAMPEADOR,
DON QUIJOTE DE LA MANCHA
O SIMPLEMENTE UN PASTOR.

TAMBIÉN HE SIDO ASTRONAUTA,
EXPLORADOR DE PLANETAS,
DESCUBRIDOR DE GALAXIAS,
COLECCIONISTA DE ESTRELLAS.

ME HA HECHO FELIZ MI CABALLO.
ME HA ACOMPAÑADO EN MIS SUEÑOS,
Y AHORA QUE SOY GRANDECITO
HACE DULCES MIS ENSUEÑOS.

ESTÁ PASTANDO EN MI CUARTO.
SE HA TENIDO QUE QUEDAR
PORQUE ME VOY A LA ESCUELA
Y NO LO PUEDO LLEVAR.

PERO AL LLEGAR EN LA TARDE
ÉL ME LLAMA CON SU ENCANTO
Y LO MONTO Y ÉL RELINCHA...
¡SOY GRANDE, PERO NO TANTO!

Dirección editorial: Raquel López Varela
Coordinación editorial: Ana María García Alonso
Maquetación: Cristina A. Rejas Manzanera
Diseño de cubierta: Jesús Cruz

QUINTA EDICIÓN
© del texto, Georgina Lázaro
© de las plastilinas, Encarna Talavera,
de la creación y diseño, Ramiro Undabeytia y María José Castillo
© EDITORIAL EVEREST, S. A.
Carretera León-La Coruña, km 5 - LEÓN
ISBN: 978-84-241-7940-3
Depósito legal: LE. 973-2007
Printed in Spain - Impreso en España
EDITORIAL EVERGRÁFICAS, S. L.
Carretera León-La Coruña, km 5
LEÓN (España)
Atención al cliente: 902 123 400
www.everest.es

OTROS TÍTULOS DE LA COLECCIÓN

Las letras hablan
Rafael Ruiz-Contarini

Los siete cabritillos y el lobo
Xavier Vilagut

El despertador de Jonás
Juan Cruz Iguerabide

Poema de olores
Ester Madroñero

Dani y Dino
Mercedes Neuschäfer